첫사랑을 덮다

첫사랑을 덮다

정일근 시집

좋은날

■ 序

사랑이 아니고서야 어찌 내 시가 존재했으리.

내 시는 언제나 내 사랑의 힘에 은혜입었으며 그 사랑의 아픈 흔적이다.

하여 아직도 사랑을 가슴에 품고 사는 그대에게 이 시집을 보내니, 사랑이여, 가서 홀로 추억의 등불을 켜라.

1998년 봄에

정일근

1 사랑론論

사이 2

3 감은사지

여름에서 가을로 4

들리시는지요, 저물어 돌아오던 길, 그 길 위의 바람, 그 바람이 흔들던 나무들의 부드러운 손바닥, 그 나무에 기대어 부르던 푸른 휘파람 소리. 성당聖堂의 저녁 미사 종소리 따라 마을의 작은 창窓들이 저마다 착한 등불의 심지를 돋울 때, 언제나 놀이 쓸리어 간 쓸쓸함 쪽으로 더욱 쓸쓸히 등이 굽어지는 저 사람은 누구입니까.

「푸른 자전거」 중에서

1

사랑론

별에게 길을 물어

별에 가서 만나 보고 싶은 사람이 있습니다
별에 가서 따뜻한 손 잡아 보고 싶은 사람이 있습니다
삶의 염전에 눈물마저 증발하는 더운 여름날은 가고
소금만 남아 빛나는 가을이 흰 손수건으로 펼쳐져
아직 푸른 하늘 아래 저 산 너머 눈뜨지 않은
착하고 어린 별들의 이름을 하나하나 호명해 봅니다
마침내 그리운 무덤에도 밤이 와
잡으면 손가락 사이로 모두 튀어나와 흩어지는 별
오늘밤에도 그 사람에게 보내지 못할 편지를 쓰며
우리는 또 얼마나 아득해 하며 피를 흘려야 합니까
피 흘리는 손톱 밑으로 붉은 첫별이 뜰 때부터
추운 겨울나무 빈손 위로 마지막 별이 질 때까지
그 사람에게로 가는 길 별에게 물어봅니다
그 무덤으로 가는 길 별에게 물어봅니다

거리距離

길이 끝나는 곳에서 길은 산을 떠나 보냅니다 산이 끝나는 곳에서 산은 길을 떠나 보냅니다 참으로 넉넉하고 고요한 이별의 사이에 서서 이 세상 가장 깨끗한 슬픔을 바라봅니다 빈 수첩 속에 숨어 여기까지 나를 따라온 한 줄 시詩마저 버리고 나는 서정 시인임을 스스로 거부합니다 이제 모든 수식과 형용사를 버리고 싶습니다 법法과 말씀 또한 부정하고 싶습니다 산이 끝나는 곳에서 산은 다시 길을 만납니다 길이 끝나는 곳에서 길은 다시 산을 만납니다 떠남과 만남의 사이, 슬픔과 아름다움의 사이, 그대 사랑과 내 그리움의 사이, 그냥 묵묵히 손 흔들며 서 있는 운문사雲門寺 가는 길의 저 봄나무들처럼 사유思惟의 단정한 거리距離를 두고 나도 말없이 서 있고 싶습니다 삶과 죽음의 사이를 지나가는 바람에 눈뜨는 푸른 잎을 흔들며 한 천 년 그대로 서 있고 싶습니다

푸른 자전거

잠시 비켜서 주시겠습니까, 시간은 언제나 저물 무렵에서 시작되고 저기 푸른 동그라미를 가진 자전거 한 대 저녁을 향해 천천히 굴러가고 있습니다. 자전거를 타고 찾아가는 그 집에는 아직도 더운 차茶 한 잔과 읽다 만 가을 시편詩篇들, 펼쳐진 사랑의 페이지, 납작납작 흘러나오는 낮은 속삭임의 구음口音도 바람이 되어 굴러갑니다.

들리시는지요, 저물어 돌아오던 길, 그 길 위의 바람, 그 바람이 흔들던 나무들의 부드러운 손바닥, 그 나무에 기대어 부르던 푸른 휘파람 소리. 성당聖堂의 저녁 미사 종소리 따라 마을의 작은 창窓들이 저마다 착한 등불의 심지를 돋울 때, 언제나 놀이 쓸리어 간 쓸쓸함 쪽으로 더욱 쓸쓸히 등이 굽어지는 저 사람은 누구입니까.

……돌아보면 푸른 자전거, 저녁 안개 속으로 새 떼들은 먼 숲으로 날아가 둥지에 들고, 추억의 흰 등을 펴고 잠들고 싶은 지상의 작은 방 더운 이부자리를 찾아, 어둔 밤 스스로 불을 켜고 찾아오는 그리운 점등點燈별을 향해, 짤랑짤랑 굴러가는 저기 저 푸른 자전거,

강촌에 살자

내 나머지 삶에 강이 흘러갔으면
새벽이면 흐르는 강물에 세수하고
그 강물 길어 그대 위해 아침을 준비하리
삶이 강이라면
나는 그 곁 키 큰 미루나무 되리
미루나무 아니면 이파리 흔들고 가는 바람
바람 아니면 떠 있는 뭉게구름 되리
강물 같은 사람아
우리 이대로 멈추어 서서 여기 살자
강촌에 살자

그리운 저녁

마음에 길이 있다면
그 길에 저녁 있다면
오늘은 그 마음에서 쉬다 가리라

사람아 불 밝혀라

목련

나비 날개 같은 부드러운 오수에 빠진 봄날 오후
창문 아래 사월의 공중전화 부스 안에서
누군가 사랑의 전화 버튼을 꾹꾹 누르고 있다
뜨거운 목소리 잊혀진 첫사랑의 귓불을 간지럽히고
화사한 성문聲紋이 잠든 몸을 깨워 열꽃의 뜸을 놓는다
누구일까, 저렇게 더운 사랑을 온몸으로 고백하는 사람은
내려다보니 없다 아무도 없는 봄날 오후를 배경으로
담장 안의 목련만이 저 홀로 터지고 있다.

나무, 즐거운 전화電話

나무들이 사랑을 속삭이는 모습을 보신 적이 있습니까? 바람 부는 날 숲으로 가 보셔요. 바람을 투명한 전홧줄 삼아 뚜와루 뚜와루 즐거운 나무들의 수화手話 혹은 수화樹話. 그리워 살금살금 한 걸음씩 가까이 다가서지 않아도, 안타까워 안타까워 살 비비며 불태우지 않아도 기쁨 넘쳐 나는 나무들의 깨끗한 사랑법法. 저 단정한 거리距離를 두고도 꽃 피우고 열매 맺는 나무들의 사랑을 아시는지요? 사랑이여, 나도 이제 그대 앞에 한 그루 잎 많은 나무로 마주 서고 싶습니다. 그대와 나 사이에 바람이 전홧줄을 놓아줄 때 잎새 하나 하나 사랑의 푸른 수화기를 들고 즐거운 전화電話를 걸고 싶습니다. 뚜와루 뚜와루…

겨울나무

그대에게 가는 길이 이렇게 멀 줄이야
가진 것 다버리고도 참으로 먼 길

겨울, ♨록천탕

♨록천탕, 추운 연인들이 꿈꾸는 방 한 칸 ♨ 속에 쩔쩔 끓고 있겠네 삼한에 언 뼈들 사온에 언 땅 녹듯 풀리는 우리 나라 겨울이 저기 끓고 있겠네 눈이 오려는지 저녁 어스름 한기와 함께 내려 변방의 어깨가 움츠러질 때 ♨록천탕 간판에 켜지는 그리운 녹색불, 푸른 샘 푸른 물의 ♨록천탕, 겨울 ♨록천탕 앞을 홀로 지나며 풍덩풍덩 빠지고 싶은 록천탕 추운 내 마음 데우고 싶은 ♨

여름편지

여름은 부산우체국 신호등 앞에 서 있다
바다로 가는 푸른 신호를 기다리며
중앙동 플라타너스 잎새 위로 여름편지를 쓴다
지난 여름은 찬란하였다
추억은 소금에 절여 싱싱하게 되살아나고
먼 바다 더 먼 섬들이 푸른 잎맥을 타고 떠오른다
그리운 바다는 오늘도 만조이리라
그리운 바다는 만조바다에 섬을 띄우고
밤이 오면 별빛 더욱 푸르리라
여름은 부산우체국 신호등을 건너 바다로 가고 있다
나도 바다로 돌아가 사유하리라
주머니 속에 넣어 둔 섬들을 풀어 주며
그리운 그대에게 파도 소리를 담아 편지를 쓰리라
이름 부르면 더욱 빛나는 7월의 바다가
그대 손금 위에 떠오를 때까지

중앙동

이제 중앙동은 마음으로 읽습니다
땀 흘리며 먹던 중앙대구탕의 더운 점심과
무적이 울 때마다 바다로 등이 굽던 젊은 날의 쓸쓸함
빗물이 번지는 삼류극장의 낡은 흑백영화처럼
화면은 자꾸 끊어지고 줄거리는 달아나 버렸지만
여전히 붉고 선명한 그 사랑 봅니다
떠나오면 두고온 마음마음 눈부처가 돋아나는 것일까요
늘 망설여지던 어지러운 골목길의 선택
중앙동 저녁 바람처럼 자유로워지고
끊임없이 솟아나던 적의의 모난 각도
화해의 손을 내밀며 둥글게 풀어질 때
스쳐온 길위의 술집마다 켜지는 따뜻한 등불
마음 쓰린 날 술국처럼 좋은 사람들 거기 있나요
호명하지 않아도 중앙동 두 눈 가득 추억처럼 차오르고
무시로 발 아래 찾아와 나를 부르는 길
부산우체국 신호등 건너 현대양과 골목길 꺾어
도서출판 빛남으로 가는 길
이제 중앙동은 마음으로 읽습니다

파일 연등燃燈

이 저녁 어머니는 홀로 연등에 불 밝히고 계실 것이다

가난한 내 이름 석 자와 식솔들의 이름 부르며
걸어가는 맨발 맨발 환하게 빛나라고
작은 사랑의 연등 하나 밝히고 계실 것이다

어머니의 눈물로 타는 파일 연등은
눈물로 피워 내는 어머니의 꽃

어머니의 연등으로 내 길이 열리고
나는 그 꽃길 밟고 여기까지 왔구나

눈을 감으면 차안과 피안 사이 빛나는 어머니의 연등
잠든 아버지와 할아버지의 이름 불러
어둔 저 세상의 사람들도 돌아오고

이 저녁 죄 많은 내 몸 고요히 탄다

저녁 미륵산

걸어서 저녁 미륵산 아래 닿았다
오늘도 해는 동쪽에서 서쪽으로 지고
작은 시냇물들이 흘러 와 큰 강을 이룬다
젊은 미륵 네는 어디에 있는가
미륵산 저녁 긴 그림자
아픔도 그리움도 없이 강물에 풀리어 나가고
나는 찌든 걸레처럼 병든 몸을 헹군다
늘 나와 함께 살아온 죄들을 흘려 보낸다
빈 몸 빈 마음으로 바라보는 미륵 산이여
또 얼마나 비워진 뒤 너를 만날 수 있으랴
죽어 무덤이 되면 너를 오를 수 있으랴
마음의 귀를 열면
강물 속 작은 돌에도 물 무늬 앉는 소리
그리운 미륵의 노랫소리
걸어서 저녁 미륵산 아래 닿았다
한 장 종이처럼 가벼워진 미륵산
어둠에 지워져 하늘로 간다

새벽

사랑아 너를 내 팔에 누이고도
욕심없이 잠을 자고 난 관음觀音의 새벽
몸도 마음도 이슬처럼 맑고 가벼워서
통도사 극락암 삼소굴 앞마당에 핀 금낭화
작은 방울 같은 꽃 끝에라도 매달릴 수 있겠다
뒤란 대나무숲에서 잠을 깬 무소유의 바람
새벽을 밟고오는 맨발마다
화엄 같은 파란 무늬가 빛나고
어린 모감주 잎들 일제히 깨달음의 눈을 뜬다
스님은 어느새 여름 선방에 드시고
찾아오는 손님을 위해 남겨 놓은 차 한 잔
사랑은 사랑의 눈으로 바라보는 일이라며
따뜻한 말씀으로 풀리고 있다.

사랑론論

사랑을 사랑이라 하면 곧 사랑이 아니다 사랑을 사랑이 아니라 해도 곧 사랑이 아니다 사랑은 사랑도 아니고 사랑이 아님도 아니다 사랑은 사랑이면서 사랑이 아니고 사랑이 아니면서 사랑이다

사랑아, 사랑이 아니면서 사랑인 너의 이름은 무엇인가?

가을 억새

때로는 이별하면서 살고 싶은 것이다
가스등이 켜진 추억의 플랫폼에서
마지막 상행선 열차로 그대를 떠나 보내며
눈물에 젖은 손수건을 흔들거나
어둠이 묻어 나는 유리창에 이마를 대고
터벅터벅 긴 골목길 돌아가는
그대의 뒷모습을 다시 보고 싶은 것이다
사랑 없는 시대의 이별이란
코끝이 찡해 오는 작별의 악수도 없이
작별의 축축한 별사도 없이
주머니에 손을 넣고 총총총
제 갈 길로 바쁘게 돌아서는 사람들
사랑없는 수많은 만남과 이별 속에서
이제 누가 이별을 위해 눈물 흘려주겠는가
이별 뒤의 뜨거운 재회를 기다리겠는가
하산길 돌아보면 별이 뜨는 가을 능선에
잘가라 잘가라 손 흔들고 섰는 억새
때로는 억새처럼 손 흔들며 살고 싶은 것이다
가을 저녁 그대가 흔드는 작별의 흰 손수건에
내 생애 가장 깨끗한 눈물 적시고 싶은 것이다.

빨래

다시 시작해야겠다
찌든 걸레 같은 삶 물에 헹구고
부는 바람 앞에 하얗게! 펄럭이고 싶다
한줌 오욕의 물기마저
다 말리고 싶다

남루여
산번지 빈 마당 가득 눈부신
깨끗한 내 남루여

작은 마당 하나 가질 수 있다면

키 작은 목련 한 그루 심고 싶네

그리운 사월 목련이 등불 켜는 밤이 오면

그 등불 아래서 그 시인의 시 읽고 싶네

꽃 피고 지는 슬픔에도 눈물 흘리고 싶네

이 세상 가장 깨끗한 슬픔에 등불 켜고 싶은 봄밤

내 혼에 등불 밝히고 싶은 봄밤

「깨끗한 슬픔」 중에서

❷

사이

칼국수

칼국수는 아픈 음식이다
실연한 후배와 먹는 늦은 점심
늦어서 더 쓸쓸한 공복 칼국수로 다스리며
우리는 말하지 않는다
깍둑깍둑 바람 든 무깍두기 반찬 삼아
우정시장 나무의자에 나란히 앉아 먹는 칼국수
듣지 않고서도 후배의 상실 다 알 수 있다
말하지 않고서도 내 마음 전할 수 있다
모름지기 시인의 사랑은 아파야 하느니
아픔 속에서도 눈뜨는 사랑의 눈으로
칼국수처럼 잘려나간 세상의 아픔
따뜻한 멸치국물로 한 그릇 잘 말아야 하느니
칼국수를 먹는다
국수는 쓸쓸한 공복 넉넉히 채워주고
칼은 홀로 떨어져나와
아픈 사랑의 상처 촘촘히 벤다
베어진 아픔이 단솥 국물 속에서 다시 끓고 있다

사이

밤에 왕릉을 돌아나오며 여자는 담배를 피워 문다
삶의 결론은 무덤처럼 언제나 비극적이라는 나의 설명에
그녀도 동의하는 것일까, 바지 끝에서 찬 이슬이 부서
진다

거대한 침묵의 덩어리같은 무덤에 또 견고한 어둠이 내려
슬픔이 더욱 경화되는 동안, 침묵 저 편
천 년의 왕국이 존재했던 도시는 화려한 불꽃의 혀들을
피워낸다

이 저녁 왕의 내력에 대해 부연 설명하기에는 목젖이
너무 아프다, 생은 기록되는 것이 아니라 느끼는 것이다
어둠과 불빛 사이, 무덤과 살아있음의 사이
나는 지금 그 사이에 서 있을 뿐이다, 쓸쓸히

어느 핸가 사람과 사람 사이, 멀어지면 멀어질수록
더욱 가까워지고 있다고
지구는 저 무덤처럼 둥그니까, 둥근 지구를 돌아
다시 만나게 될 것이라고 말한 적이 있다

그러나 해가 하루하루 짧아져감을 아는 이 늦가을 저녁
앞서가는 사람의 등이 만들어주는 사이에서
나는 이별의 수사를 읽는다

무덤의 침묵과 도시의 빛남 사이
그녀와 내가 만드는 사이
그 사이로 밤바람이 차갑게 지나간다
이제 나는 세상 그 모든 사이가 두렵다

두려워 돌아보면 어느새 내게도 지친 세월이 찾아오고 있다
그냥 주저 앉을 수도 떨치고 일어날 수도 없는
삶의 사이, 마흔
자꾸만 발이 저리는,

영덕에는 영덕대게가 없다

영덕에는 영덕대게가 없다
금오식당에도 영덕대게는 품절이다
백반 한 상에 따라나온
작은 게 한 마리
팔다리 다 펼치고도 양은냄비 속이 넓다
영덕대게들은 영덕을 두고 어디로 떠났을까
차부 앞 금오식당 낡은 차림표에 이름만 남겨두고
영덕대게는 어디로 갔을까
그리운 시인,
오늘 힘들게 찾아간 영덕여고 교정
오래 전에 큰 도시로 떠났다는 그대의 안부에
무심한 세월의 먼지가 쌓여 푸석거린다
뜨거웠던 젊은날의 사랑도 영덕대게 같은 것
이제는 이름만 남은 영덕대게처럼
사랑은 소중했던 옛 시편들과 함께 서늘하게 식고
추억 저쪽에서도 시들시들 시간이 마른다
나에게는 신작시집을 보낼 그대 주소가 없고
그대 수첩 속에는 오래 전 내 전화번호가 적혀 있을 것이다

살아갈수록 우리의 삶은 살아온 날을 잊기 바쁘고
영덕에서 영덕대게가 잊혀지듯
틀린 주소와 바뀌어버린 전화번호를 가지기 위해
우리는 살아가는 것일까
영덕에는 영덕대게가 없다
대게는 모두 사라지고 영덕만 남아 있다

저녁 휘파람

홀로 돌아오는 저녁에는 휘파람을 불자
푸른 휘파람으로 휘파람새를 부르자
추억의 잎들은 저녁바람 한 장에도
한 잎 한 잎 작은 입술 오그리고
푸른 잎맥 타고 퉁겨오는 휘파람을 분다
저녁 숲 속의 휘파람새여
어둠이 오기 전에 휘파람을 불어다오
다시 한 번 사랑의 입술로
천 년 전 그 노래를 불어다오
세월은 바람과 함께 윤회의 잎들을 흔들고
언젠가는 그 잎들도 늙어 돌아가리라
우리 사랑도 어느 시인의 쉰 목소리로 추억 되리라
홀로 돌아오는 쓸쓸한 저녁
……그리운 사람아
너는 어느 먼 휘추리에 고즈넉이 앉아
추억의 푸른 휘파람소리만 듣고 있느냐

깨끗한 슬픔

작은 마당 하나 가질 수 있다면
키 작은 목련 한 그루 심고 싶네
그리운 사월 목련이 등불 켜는 밤이 오면
그 등불 아래서 그 시인의 시 읽고 싶네
꽃 피고 지는 슬픔에도 눈물 흘리고 싶네
이 세상 가장 깨끗한 슬픔에 등불 켜고 싶은 봄밤
내 혼에 등불 밝히고 싶은 봄밤

서울, 쓸쓸한 사랑

단 한 번의 사랑으로도
나는 너에게 등을 보이며 돌아눕는다
서울이여
사랑한다고 사랑한다고
너는 속삭여 주지만
지금 이 시간에도
은밀한 정치적 협상은 이뤄지고
4대문 안에
막히지 않는 길은 없다
더운 사랑의 노래로도
독한 술로도 나는 잠들 수 없어
밤이면 그리운 남쪽으로 이마를 묻고
흐느껴 운다 서울이여
나의 문법 나의 화법으로는
전달할 수 없는 서울에서의 사랑
그리운 이여
교통체증으로 하여
단 한 줄의 시도
단 한 장의 봉함엽서도

나는 너에게 보낼 수 없었다
잠들지 못한 타관에서의 잠이
하행선을 타고 달려가는 시간
서울이여
너는 또 얼마나 많은 사랑들을
설레이는 그리움으로 잠들지 못하게 하고
상행선을 타고 달려오게 하는가
달려오게 하는가

그리운 곳으로 돌아보라

그리운 곳에는 우리를 부르는 소리가 있네
헐벗은 영혼들도 귀의할 안식이 있듯
상처뿐인 삶에도 돌아가 잠들 그리운 집은 있네
천상의 사랑은 이미 빗장을 풀고 달아나버려
보리밭 위로 부는 바람에도 나는 어찌할 수가 없네
어제는 들판에서 잠자고 오늘은 길 위에서 눈뜨는
노숙의 세월인들 꿈이 없으랴
그 꿈 속의 비단길인들 끝이 없으랴
나는 대상에서 떨어져나온 외로운 쌍봉낙타
취하지 않고서는 건널 수 없는 도시의 불사막을
지글거리는 고통의 맨발로 걸어가네
또 그렇게 가다보면 세상의 마지막 저녁과
두고온 고향의 바닷별과 조우하려니
입 안에 풍화하는 모래가 씹히고
모래언덕 위로 붉은 달이 떠오를 때
별에다 귀를 가져다대면, 들리네
혓속에서 잉잉거리는 세상의 첫소리와
첫사랑 현옹수 떨리는 소리까지 들리네
착한 눈동자 선한 귀로 그리운 곳으로 돌아보게
그리운 곳에는 우리를 부르는 소리가 있네

소금을 끓이다

마음이 말을 버려 혀에 먼지 쌓이고
시간은 혀바닥 밑 곰팡이 푸른 발을 키워
사유의 길들이 갈라져 고통스러울 때
놋대야에 소금을 끓이며 사막을 건너간다
절여 염장된 생선살 같은 말씀이 천천히 끓고
바다 끝에서부터 소금바람 부는 소금길 따라온
소금산이 입안 가득 솟아오른다
오래 전부터 입 안에서 착한 말들이 씹히고
피 흘리는 혀들이 다스린 덫난 세상
아픈 아이들 혀 위 소금 얹듯
아픈 말의 상처에 굵은 소금 뿌리면 소금아
네 속에도 등 두꺼워 아픔 모르는 혀 있느냐
소금 뿌려 구울 먼지 쌓인 상처 있느냐
소금은 끓으면서 자신의 전생애 끓이고
끓이고 끓여 사랑의 비등점 만날 때
놋대야 위로 쟁쟁쟁 피는 사막의 흰 꽃들 본다
저 흰 꽃 사이 새로 돋는 새 혀와
뜨거운 소금의 목소리로 나는 노래하려니
끓어라 소금아 끓어라 아픈 혀들아

쓸쓸한 입택入宅

어딘들 등불 켜고 글 읽지 못하랴
매캐한 도시 누에 몸 속 같은 방 한 칸 마련하고
오늘 첫 등불 켠다
여기까지 따라온 남해바다가 출렁이고
철들면서 떠나온 길들이 찾아온다
너덜너덜 낡은 객창 흔들고 가는 바람소리에
더러는 대책없어 잠들지 못하리라
돌아서는 그대 빈 구둣발 소리에도
허망하고 그리워서 마른 눈물 베갯잇 적시리
그러나 시간은 유적지 먼지처럼 쌓이고
쌓여서 쉬엄쉬엄 시간의 소금밭으로 흘러간다
흘러가는 시간은 타클라마칸 사막 위에도
아픈 마음 지도 위에도 새 길 새기고
시간의 풍화 속에 그 길도 노새처럼 늙어가려니
오늘 첫 등불 켜고
지나가면 또다시 그리울 궁색한 삶에
쓸쓸한 마음 묻는다

시인

죽음 뒤에도 내 시詩는 남아 남루했던 삶을 덮어 주리
먼 훗날 내가 떠나고 없는 지구별에서
누군가가 불러 줄 내 이름!

가을 화엄

마침내 가을 산문에 당도했구나 병든 몸들아
한로 찬이슬에 차가이 씻고 이제는 맨발로 걸어야겠구나

여기까지 따라온 사유의 뼈들이 달그락거리고
꽉조인 허리띠 밑의 지친 삶도 슬금슬금 풀어지는 시간
땅에 뿌리 박은 나무의 잎들과 잎들의 뿌리가 마르는구나

부질없이 나를 덮는 잠이여 나는 욕심없이 돌아가려니
기름져 병든 육신 저 화엄 아궁이 속에 불을 지피고
그 불 밑의 재, 재 밑의 따뜻한 한 줌 온기로 잠들고 싶구나

가을 화엄에 올라 겸허한 나무의 마음으로 서면
안맹의 눈으로도 흘러가는 시간을 볼 수 있으려니
내 그리움의 흰 뼈와 그 뼈 속의 붉은 피
붉은 피 속의 윤회의 유전자까지 진실로 나는 보고 싶구나

가을은 깊은 산 속으로 달아나며 불을 지르고
너무 쉽게 노래하지 말아라 인후여

가을 인후여
노래하지 않아도 내 마음의 화엄은 저리 불타고 있으니
오래지 않아 잎 지고 차가운 서리 내리려니

흑백사진
— 그 여자

마루 끝에 걸터앉은 아버지 말이 없었다. 저녁햇살에 길어진 감나무 그림자 그 곁에 눕고 댓돌 위에는 가을하늘처럼 맑은 옥색 고무신 한 켤레 단정하게 놓여 있었다. 어머니 낮은 목소리 사이 가끔씩 낯선 울음소리가 흘러나와 안방 문풍지를 적시고 툭툭 할머니의 타이르는 소리 무겁게 새어나왔다. 시나브로 어둠이 집 구석구석 찾아왔지만 어느 누구도 등불을 켜지 않았다. 이윽고 방문이 열리고 조용히 밀리는 스란치마 밑으로 흰 버선코 잠시 돋았다 사라졌다. 그 여자의 얼굴 보고 싶었지만 사마귀가 난 손이 자꾸만 부끄러워 나는 고개를 들 수 없었다. 여자의 고무신 잠시 아버지 곁에 멈추어서는 듯 이내 사라졌다. 아버지 돌아앉아 말이 없었지만 어둠 속에서도 견고한 어깨가, 어깨 너머 산의 능선이 덩달아 흔들리고 있는 것이 보였다.

흑백사진
— 배호

내 첫사랑은 흘러간 유행가 속의 여자, 만남은 없고 늘 이별의 뒷모습뿐인 여자, 그 여자를 무작정 사랑했네. 언제나 사랑은 잠시, 사랑하는 사람은 떠나고 나는 비에 젖었네. 가로등에 어깨 묻고 비애에 흐느꼈네. 죽은 사람이 부르는 아아득한 목소리, 운명의 목덜미를 잡아 흔들어 달아나기에는 늦은, 반음 늦은 60년대의 사랑법. 한 번은 그런 빛깔 그런 눈물로 사랑하고 싶었네. 서글피 찾아왔다 울고 가는 그 사내처럼, 비에 젖어 돌아서는 그 사내처럼.

기다림에 대하여

기다림이란 이렇게 아름다운 것일까
늦은 퇴근길 107번 버스를 기다리며
빈 손바닥 가득 기다림의 시를 쓴다
들쥐들이, 무릇 식솔 거느린 모든 포유류들이
품안으로 제 자식들을 부르는 시간,
돌아가 우리 아이들의 이름을 부르고 싶다
부르고 싶다, 어둠 저편의 길들이여
경화, 태백, 중초 마을의 따스한 불빛들이여
어둠 저편의 길을 불러 깨워
먼 불빛 아래로 돌아가면, 아내는
더운 밥냄새로 우리 아이들의 이름을 부르리
아이들은 멀리 있는 내 이름을 부르고 있으리
살아 있음이여, 살아 있음의 가슴 뛰는 기쁨이여
그곳에 내가 살아 있어
빈 손바닥 가득 기다림의 시를 쓴다
푸른 별로 돋아나는 그리운 이름들을 쓴다

4월 엽서

막차가 끝나기 전에 돌아가려 합니다 그곳에는 하마 분분한 낙화 끝나고 지는 꽃잎 꽃잎 사이 착하고 어린 새 잎들 눈뜨고 있겠지요 바다가 보이는 교정 4월 나무에 기대어 낮은 휘파람 불며 그리움의 시편들을 날려보내던 추억의 그림자가 그곳에 남아 있습니까 작은 바람 한 줌에도 온몸으로 대답하던 새 잎들처럼 나는 참으로 푸르게 시의 길을 걸어 그대 마을로 가고 싶었습니다 날이 저물면 바다로 향해 난 길 걸어 돌아가던 옛집 진해에는 따뜻한 저녁 불빛 돋아나고 옛 친구들은 잘 익은 술내음으로 남아 있겠지요 4월입니다 막차가 끝나기 전에 길이 끝나기 전에 그곳으로 돌아가고 싶습니다

옛집 진해

내 삶은 아직도 길 위에 있다
지친 두 발 기진한 육신
허기진 비애가 하루를 마감할 때
돌아가 옛집 더운 아랫목에
굽은 허리 묻고 잠들고 싶다
진해시 여좌동 3가 844번지
굴다리 지나 다닥다닥 산 위까지
둥지 틀고 식솔 거느린 번지마다
날 저물면 저 빼곡한 불빛
내 영혼의 일부가 그 불빛 속에서 자랐다
먼 사람 그리웁듯 그리운 진해 옛집
지금도 내 이름의 우편물이 쌓이고
꽃밭에도 봄꽃 흐드러지겠다
사월이면 꽃 지고 연초록 새잎들 신생하겠다
내 영혼은 집 떠나 길 위에서 상처받고
삶에 등 배길 때마다
백열전구 불빛 붉은 마루
저녁 밥상가로 둘러앉던 식구들처럼
더운 국에 밥 말아 먹는 뜨거운 밥숟갈처럼
그리운 옛집 진해

세월의 저쪽

잘 가라, 인사하지 않아도
시간은 떠나가 무덤으로 간다
사람들은 떠나가는 시간과 함께 흘러가
둥그런 시간의 무덤 속에 길게 눕는다
살은 썩고 뼈는 풍화되는 세월
무심한 축루 위로 잡풀 무성히 돋는 세월만
아주 저 속에 누워 있구나
이제 그 사람의 얼굴 희미하고
그날의 애절한 슬픔 무덤덤한 무덤으로 남았다
저 무덤 속 세월에 한 줌 뼈인들 남았으리
호호했던 사랑의 마음인들 붉은 흔적 있으랴
짧은 흰 십자가 그림자 길어지는
오후의 공동묘지 쓸쓸히 지나며
움켜잡아도 손가락 사이로 빠져나오는 잡풀 같은
세월의 저쪽을 붙잡는다
슬프다, 탄식하지 않아도
사람도 시간도 시나브로 빠져나가
둥그런 무덤으로 남은 세월의 저쪽
미움도 그리움도 없는 저쪽

내 몸 속에 56억 7천만 년의 세월을 담고

너를 찾아가는 날, 사랑아

너는 지혜로 빛나는 맑은 눈으로

머나먼 윤회의 바다 건너

너를 찾아온 지친 나를 볼 수 있으려니

그 때 내 손 잡아

작은 나무 한 그루로 서게 해다오

네 곁에 서 있는 말없는 나무 한 그루!로

「감은사지 · 14」 중에서

❸

감은사지

감은사지 · 1

탑은 달을 꿈꾸었는지 몰라
버려진 세월의 뱃속 가득 푸른 이끼만 차고
변방邊方의 돌들의 이마는 시나브로 금이 갔다
그 금 사이 무심한 바다가 들여다보곤 돌아갔다
천 년千年 전 바람은 피리구멍 속에 잠들었고
신화는 유사有史 행간 사이 숨어 버렸다
문득문득 사라진 절의 풍경風磬소리 들리고
항아리마다 칠월 보름달이 떠오를 때
저기 사랑하는 신라여인이 긴 회랑回廊을 돌아간다
탑 속 빈 금동사리함에 누운 잠아
천 년千年의 사랑아 내가 너를 안을 수 있다면
……돌 속에 묻힌 혀는 무겁기만 한데
항아리 속에서 떠오른 누우런 달이
둥근 맨발로 걸어 탑 속으로 숨어든다
어허 탑마다 즐거운 만삭滿朔이다
내가 탑이다

감은사지 · 2

저기 저 돌 속에 신라여인아, 네가 남긴 따뜻한
사랑의 체온 한 웅큼, 아직도 남아 있을 것 같다
탑을 바라볼 때마다 불가사의한 사랑
천 년을 몸 속에 담고 나는 너를 따라
너는 나를 따라 윤회해 온 사랑의 유전자가 되살아나고
그날 동해로 달아난 감은사 목어가 대종천을 타고 올라와 운다
법고 운판 범종이 덩달아 깨어 운다
절은 이미 이름만 남기고 무성한 풀 속으로 사라지고
순금으로 빛나던 사직도 흙 속에 묻혀 잠들어 버렸는데
사랑아, 너는 어느 세월 이곳에 머물다 갔느냐
또 지금은 꽃과 별, 그 아아득한 무엇으로 윤회를 되풀이하며
이 쓸쓸한 일몰의 절터로 나를 찾아오고 있느냐
동해에서 떠오른 붉은 달은
서쪽 기림사를 찾아가다 탑 속으로 숨어 들고
기다려 다오 기다려 다오 사랑아
내 사랑은 저기 저 따뜻한 돌 속의 신라여인
오늘 밤 내가 탑 속으로 돌아간다
내 속으로 내가 돌아간다

감은사지 · 3

살아 있는 혀들은 탑을 쌓고 사직을 이루고
죽은 혀들은 모여 금빛 신화 푸른 이끼로 덮는다
버려진 땅에서 기다리는 그리운 사람의 숨결
내가 이곳을 떠나지 못하는 것은 기다림이 아니다
만다라 꽃이 비처럼 내리는 그 날.
땅 속에 돌 속에 잠든 부처들이 깨어나고
돌마다 돋아난 천 년의 혀들이 용화龍華마을로 돌아가는 날
저 탑에도 내 무거운 혀들은 물방울처럼 살아나
사랑한다 사랑한다 고백하며 뿌려지려니
내가 떠나온 길에서 돌아오고
내가 돌아오는 길에서 다시 떠나는 신라여인아
우리 56억 7천만 년 후 용화수龍華樹 그늘 아래서 만나자

감은사지 · 4

토함산을 넘어온 진눈깨비가 뺨을 때리는 이 밤, 누가 잠든 만파식적의 입술에 입술을 대려 하는가. 웅크려 울고 있는 길들을 깨워 사랑아, 너를 따라 이에 이를 깨물며 차가운 대종천 맨발로 건너간다. 늙어버린 신화의 피리 소리는 성긴 눈발조차 잠재우지 못하고 한 번에 안을 수 있는 저 바다 또한 다스리지 못해 자꾸 발은 시리고 동해왕릉으로 가는 길은 벌써 끊어졌다.

눈 속에 묻혀 뒤척뒤척 불안한 잠을 청하는 탑아, 너는 언제 그리운 사직에 닿아 젖은 대님 풀고 따뜻한 이불 속에 들어 사랑할 것인가. 그리하여 눈 그친 새벽 새눈 뜨는 새 탑들을 낳아 추령 너머 금빛 찬란한 서라벌로 떠나보낼 것인가. 오늘 밤 탑아, 굳은 등뼈 털고 일어서 나와 함께 가자. 어깨에 쌓이는 저 눈들이야 가벼이 털어 버리고 앞을 막는 산과 강의 인연에도 뒤돌아보지 말고 만파식적 열두 구멍 속으로 돌아가자.

돌아가 푸른 신화의 입술로 피리를 불면 소리로 세상을 다스리던 천 년 사직에 당도하려니, 그 곳에는 잃어버린 절이 아직도 너를 기다리고 신라여인은 얼굴 붉히고 네 그림자 뒤로 숨어 들 것이다. 스산한 겨울밤을 떠나 그리운 나라로 돌아가는 길, 보아라 어느새 눈은 그치고 눈 속으로 따라 나선 길들이 피리구멍 속에서 하나하나 목젖 뜨거운 소리로 살아난다. 살아나 망무제애 동해를 잠재운다.

감은사지 · 5

오늘 저녁 서쪽바람 불러 회향廻向하라
바람 속의 가벼운 탑은 감추어 둔 금종金鍾소리 내고
종소리가 돌아가는 둥근 길 따라
한량없는 다라니꽃들이 피어난다
이제 눈을 뜨고 내 꽃밭으로 돌아와라 신라여인아
일수반一銖半 가벼운 하늘옷 입고
칠월 보름달 하얀 맨발로 굴리며
내 여름꽃밭으로 돌아와 만발滿發하라
다리니 꽃대마다 즐거운 꽃당혜 피어나
회향廻向하는 서쪽바람들 저마다 한 족씩 신고 달아나고
달이 가는 길로 스스로 몸을 여는 저 동해바다 보라
달과 바다가 부끄럼 없이 몸 섞어 태어나는
저기 저기 우리 아이들 보라

감은사지 · 6

국경의 보름달을 보고 들사슴이 우네
백제는 둥근달 같고 신라는 새달 같네
병사들은 주술 같은 노래를 부르고
태자궁에서 암탉과 작은 참새가 교미했다는
적국의 흉흉한 소문이 변방까지 떠돌았네
이 저녁 감은사 쌍탑을 귀처럼 달고 찾아온 달도
그리운 서라벌의 풍문을
술항아리 가득 찰랑찰랑 전해주네
꽉찬 달이 비워지고 새달이 뜨면
나는 오랜 수자리 떠나 서라벌로 돌아가려니
달도 나와 함께 걸어 감은사 탑 속으로 돌아가려니
그대가 나를 위해 비워둔 감은사 따뜻한 탑 속에
취하여 둥글게 눕고 싶은 국경의 밤

감은사지 · 7

바람과 비가 사철 순조로운 우리 사직社稷은
태평성대의 추녀 허리 유순유순 이어져
이마 맞댄 추녀 밟고 내 노래는 바다까지 찾아왔지만
그리운 서방님의 노래는 들리지 않았습니다
몇 차례의 사신이 비단길 따라 서역西域으로 떠나가고
다시 그 길 따라 낙타와 오색 유리琉璃가 돌아왔지만
풍문風聞은 감은사 고즈넉한 풍경風磬 울리며
홀로 부처님 나라로 가는 그대를 보았다고
먼 이국 벽화 속에 갇힌 그대를 보았다고 속삭였습니다
더욱 낮게 속삭이며 내려앉는 일몰이 절을 덮고
마음의 빈방마다 두런두런 화엄등불 밝힐 때
그때 서방님, 낙타에 눈에 비친 눈물 보았습니다
그 눈물 속에 웅크린 사막 처음 보았습니다
불타는 사막길 맨발로 가벼이 걸어
흰 양파꽃 가득 흘러 오는 법열의 강 훌쩍 건너
해 뜨는 동쪽을 향해 돌아오는 그대를 만났습니다
내 속으로 환하게 돌아오는 그대를 만났습니다

감은사지 · 8

내 죽은 뒤에 어머니,
저를 닮은 토우土偶 하나 만들어 주세요
수자리 떠난 서방님의 흰 뼈라도 돌아오면
그를 닮은 토우도 하나 장만해
우리를 합궁合宮 시켜 주세요
벌거벗은 알몸으로 한 몸으로 만들어
서방님 처음 만난 감은사 땅 밑에 묻어 주세요
둥근 칠월 보름달이 찾아오는 날
혼이라도 흙 속에 숨어들어
뜨겁게 뜨겁게 타오르고 싶어요
저 장대한 감은사 쌍탑처럼
식을 줄 모르는 그를 밤새도록 받아 들이며
기쁨에 겨워 울고 싶어요
어머니, 부끄러움도 잊고 큰 소리로 울고 싶어요

감은사지 · 9

그 남자를 묻은 팔월에 눈이 내렸다
팔월 조설早雪에 붉은 나무에 차가운 잎을 달고
서라벌은 알 수 없는 기이한 슬픔에 잠겼다
남산의 돌부처들 모두 바위 속으로 돌아가고
동해바다에선 용이 자주 울었다
금입택金入宅들은 빛을 잃고 향가 소리 그쳤다
가끔 천지가 어두워지고
하늘의 별들 꼬리를 물고 떨어졌다
왕의 근심 깊어가듯 연못은 말라가고
여름에는 가뭄이 겨울에는 장마가 계속됐다
마침내 나라의 모든 슬픔의 우물 말라
한 남자의 죽음이 한 여자를 거둘 때
감은사 쌍탑이 하나가 되는 것을 보았다
삶과 죽음이 한 몸이 되는 것을 보았다

감은사지 · 10

경주박물관 옹관甕棺 속에 웅크린 천 년 잠들이
붉은 시간을 굴리며 찾아온다
둥근 시간의 집을 굴리며 감은사로 온다
감은사에는 시작과 끝이 맞닿아 있고
삶과 죽음이 맞닿아 하나가 된다
굴러가는 시간의 저편으로 절은 세워졌다 사라지고
사라졌다 다시 세워진다
감은사에서 오늘을 말하지 마라
흙은 불에 구워져 옹관甕棺을 만들고
다시 부서져 흙으로 돌아간다
죽음을 담았던 그 흙 위로
또다시 풀은 자라고 풀꽃은 핀다
감은사에서는 사라지는 것이 탑은 아니다
탑은 그냥 서 있고 시간은 사라진다
시간이 집을 만들고 사랑을 만들고
시간이 집을 허물고 사랑을 깨트려 버리고
작은 금 사이로 사라진다
시간에 갇혀 흘러가는 사람들을 두고
감은사는 천 년째 그 자리에 서 있다

감은사지 · 11

사라진 감은사 서 있는 탑과 탑 사이
아득한 허공 위에 놓인 문 하나 있으니
지나간 시간과 돌아올 시간 사이에 놓인 푸른 문을 열고
살며시 들어갈 수 있다면 사랑아
내 몸 가득 천 년의 단청이 비늘처럼 새겨지고
청동 용뉴를 빠져나온 법열의 종소리가
그대 비단 치마에 고운 주름으로 접히리라
바람이 왕위를 벗어버린 내 금관을 흔들어
금빛 소리 사이 비취빛 곡옥들이 밀어를 속삭일 때
그대 황금귀고리도 수줍은 듯 귀 붉히리라
어두워진들 무슨 두려움이 있겠는가 사랑아
동해로 나간 용들이 대종천을 타고 돌아와
석등마다 둥근 칠월 보름달을 밝히고
아무 근심없이 그대 무릎을 베고 눕는 밤이 오려니
이슬 속에 숨은 종소리가 깨어 서라벌의 새벽을 열 때까지
우리 만나 뼛속까지 불이 되는 한 몸이 될 수 있으려니
눈감은 사이 천 년이 흘러가고
눈뜨는 사이 다시 천 년이 흘러갈지라도 나는 즐거우리

두드리노니 감은사 탑과 탑 사이의 문이여
어떤 밀교의 신비스러운 주문으로
닫힌 시간 저편의 문을 열 수 있는가

감은사지 · 12

내 몸 어느 금 사이에 숨어 나를 보느냐 뱀이여
푸른 혀를 내밀어 어제와 내일을 나누고
시간과 시간 사이 미끄럽게 빠져 달아나는 유월의 뱀이여
네가 생生의 허물 벗듯 나도 무거운 탑의 허물 벗고
그리운 서라벌의 저녁으로 돌아갈 수 있다면
칠월 보름날 저녁 둥근 달빛 불러 달아나리라
내 떠난 자리 내가 나를 벗어 내가 없고
사랑이 사랑을 벗어 사랑 없는 감은사 빈터에서
뱀이여 너는 어떤 곡조의 푸른 휘파람으로
떠나간 신라여인들을 부를 것인가
또 어떤 시간을 안고 숨막히는 사랑의 또아리를 틀 것인가

감은사지 · 13

사라지는 것들은 상처를 남기지 않지만
절은 사라지고 절터만 남은 이 저녁 감은사처럼
사라질 수 없는 것들은 상처로 남아 슬픔을 만드네
무너지는 세월의 무거운 몸을 안고
아픈 허리를 곧추세우고 섰는 동서 쌍탑과
땅 속에 두 발을 묻고 잠들어 버린 깨어진 모퉁잇돌
알 수 없는 바다 깊숙이 달아나버린 목어의 숨소리와
유사의 행간 사이사이 뱀처럼 숨어 바스락거리는 신화
곁에서
나는 보네, 사라진 절터가 남긴 천 년 세월의 상처를
신라사람들이 남긴 쓸쓸한 상처의 저 아름다운 흉터를!
진주조개의 상처가 영롱한 진주를 빚듯
시간의 상처는 눈물같은 슬픔으로 독한 술을 빚어
세상 모든 그리움들을 불러 저녁놀로 불타고
슬픔이 내 마음이라면, 저녁 감은사여
마음의 우주에 칼금 그어진 깊은 상처같은 별을 보네
서쪽 밤하늘 붙박이별로 반짝이는 그대를 보네

감은사지 · 14

탑과 탑 사이로 난 시간의 문을 열고 오늘 저녁 그 마을로 적멸寂滅하라 사랑아 네 속에서 내가 태어나고 내 속에서 네가 태어나는 둥근 인연 여기서 끊고, 이제는 회향해 용화수 아래 고요히 앉아라 사람들은 어머니 오른쪽 옆구리에서 다시 태어나고 그리하여 팔만 사천 살을 사람들이 이웃하려니

세상의 물은 거울처럼 맑고 계절은 순조로워 백여덟 가지 질병이 사라진 마을, 마을과 마을은 고이춤을 대고 이어져 닭 우는 소리 서로 깊숙이 들리려니 사랑아 용화수 아래 앉아 감은사지 빈 탑 속에 잠든 내 이름을 불러다오 대소변을 보려 하면 땅이 저절로 열리는 마을, 자거 마노 진주 호박이 돌이 되어 뒹구는 마을로

내 몸 속에 56억 7천만 년의 세월을 담고
너를 찾아가는 날, 사랑아
너는 지혜로 빛나는 맑은 눈으로
머나먼 윤회의 바다 건너
너를 찾아온 지친 나를 볼 수 있으려니

그 때 내 손 잡아
작은 나무 한 그루로 서게 해다오
네 곁에 서 있는 말없는 나무 한 그루!로

감은사지 · 별사別詞

입춘날 아침 감은사에 갔다가
해바라기를 하고 있는 걸인 부부를 보았습니다
서탑 기단부 하대석 위에 나란히 앉은 부부는
넓은 상대석 면석으로 동해바다 겨울바람을 막고
귀한 순금빛 햇살을 온몸 가득 쬐고 있었습니다
추운 겨울을 견디기에 너무 얇은 옷과
풀어헤친 머리며 오랫동안 씻지 못한 얼굴이었지만
그들에게 쏟아지는 아침 햇살만으로도
두 사람은 이 세상 어느 것도 부러울 것이 없는 모습이었습니다
두툼한 겨울 외투를 걸친 사람들은 추위에 웅크리며
걸인 부부 앞을 무심히 지나쳐 갔지만
이름만으로도 빛나는 무소유의 감은사 절터처럼
가지지 않고서도 넉넉한 모습이어서
내 눈동자 속 눈부처로 붙박혀 버렸습니다
동탑과 서탑이 잠시 사람으로 변해 우리를 찾아왔을 것이라고
선덕여왕과 지귀가 환생해 사랑나들이 왔을 것이라고
돌아오는 길 나와 같이 간 동행에게 들려주었지만

동행은 그 걸인 부부를 보지 못했다고 말했습니다
감은사 빈터에는 동서 쌍탑만 서 있었다고 말했습니다

서울 하늘에도 별이 뜹니다 아름다운 사람에게로 가까이 가기 위해 홀로 오르는 불광동 저녁산 산길, 그 사람에게 가까워질수록 잊고 살아온 나무들, 풀꽃들의 몸 속으로 흐르는 물소리가 환히 들립니다 사람과 사람 사이에도 이렇게 맑고 고운 물소리가 흐르고, 그리운 물소리에 낯 씻는 서울의 별들, 보세요 서울 하늘에도 밝은 별이 뜹니다

「별, 서울」 중에서

❹ 여름에서 가을로

편지

1

조선낫으로 내 그리움을 다스릴 수 있다면 유월의 잡풀 목대궁 싹둑싹둑 잘라 버리듯이 이 막막한 사랑의 갈증 모두 베어 버리겠네 사람아 나는 아직도 첫눈에 가늠하지 못하는 바다의 이수里數처럼 아득한 그리움의 거리 속에 서 있나니 눈멀고 귀먹은 날에 사람아 먼 나의 사람아

2

바람이 부는 날의 저물 무렵에는 바람이 되어 그대에게로 가겠다 그대는 유배지에서 바라보는 그리운 내륙의 먼 불빛이거나 그 마을의 아궁이에서 뜨겁게 타오르는 장작불이다 다시 그 마을로 가기 위해 나는 바람이고 싶다 그대에게로만 부는 더운 바람이고 싶다

유배지에서 보내는 김정희의 편지
— 이천 리 대해 밧게 잇난 마암

세한도를 그리는 밤 오늘따라 대정바다는 참으로 고요합니다 부인. 지난 달 초사흘 가복을 통해 보내 주신 서책과 편지를 이 달 하순 늦게야 반가이 받아 읽으며, 이순 나이에도 천 리 뭍길과 천 리 물길 큰 바다를 건너온 그리운 묵향내음에 그만 울컥 눈물이 솟아올라 한참이나 바다에 나가 망망한 제주 바다 끝을 바라보며, 그 끝너머 지붕과 흰 옷 입은 사람들과 낯익은 길들이 하마 뵐까 돋움발을 하며 오래오래 서 있었습니다. 대저 그리움이란, 불시에 찾아와 대정마을 마른 풀 한 포기, 버려져 잠든 돌멩이 하나 남김없이 흔들어 깨워 윙윙윙 울리다가 바다로 달아나는 붙잡을 수도 없는 무형의 저 겨울바람만 같아, 문득문득 지난날들이 찾아올 때면 참으려 참으려 해도 속절없이 흐르는 눈물들을 이제는 오랜 버릇인 양 어찌할 수 없습니다. 부인 오늘 저녁도 더운물에 찬밥을 말아먹고 내 배소 앞 늙은 소나무에 기대어 서서 날 저물고 샌다 한들 내 이름은 부르며 찾아올 이 없는 위리안치, 이보다 이천 리 밖 더욱 쓰리고 아픈 마음으로 외로울 그대를 생각했습니다. 일찍이 정치와 당을 멀리하고 시와 글씨에 열중하였더라면 뜬구름 같은 한 세상 은은한 묵향과 힘찬 시문으로 경영하며, 이렇게 늙어 서로 쓸쓸하고 등 시린 이 나이에 작은 초가 한 칸으로도 넉넉할 것을, 마주대는 한 뼘 등덜미로도 치운 겨우살이 또한 지극히 따뜻할 것을, 이 밤늦도록 홀로 먹을 갈아 세한도를 그리며 언뜻언뜻 덮쳐 오는 살아서는 다시 만나지 못할 죽음의 아득한 예감들을 애써 떨치며, 뒤돌아보노라면 내 배소 뒤 대밭 사이로 쏴쏴 몰려가는 겨울바람 소리보다 더욱 허허로운 지난 세월들을 하얀 여백으로 비워 봅니다. 우리가 다시 만나 사랑하며 살아갈 날들 또한 하얀 여백으로 묵묵히 남겨 둡니다.

유배지에서 보내는 정약용의 편지

제1신

아직은 미명이다. 강진의 하늘 강진의 벌판 새벽이 당도하길 기다리며 죽로차를 달이는 치운 계절, 학연아 남해 바다를 건너 우두봉牛頭峰을 넘어오다 우우 소울음으로 몰아치는 하늬바람에 문풍지에 숨겨 둔 내 귀 하나 부질없이 부질없이 서울의 기별이 그립고, 흑산도로 끌려가신 약전 형님의 안부가 그립다. 저희들끼리 풀리며 쓸리어 가는 얼음장 밑 찬 물소리에도 열 손톱들이 젖어 흐느끼고 깊은 어둠의 끝을 헤치다 손톱마저 다 닳아 스러지는적소謫所의 밤이여, 강진의 밤은 너무 깊고 어둡구나. 목포, 해남, 광주 더 멀리 나간 마음들이 지친 봉두난발을 끌고 와 이 악문 찬 물소리와 함께 흘러가고 아득하여라, 정말 아득하여라 처음도 끝도 찾을 수 없는 미명의 저편은 나의 눈물인가 무덤인가 등잔불 밝혀도 등뼈 자옥히 깎고 가는 바람소리 머리 풀어 온 강진 벌판이 우는 것 같구나.

제2신

이 깊고 긴 겨울밤들을 예감했을까 봄날 텃밭에다 무를 심었다. 여름 한철 노오란 무꽃이 피어 가끔 벌, 나비들이 찾아와 동무해 주더니 이제 그 중 큰 놈 몇 개를 뽑아 너와 지붕 추녀 끝으로 고드름이 열리는 새벽까지 밤을 재워 무채를 썰면, 절망을 썰면, 보은산 컹컹 울부짖는 승냥이 울음소리가 두렵지 않고 유배보다 더 독한 어둠이 두렵지 않구나. 어쩌다 폭설이 지는 밤이면 등잔불을 어루어 시경강의보詩經講義補를 엮는다. 학연아 나이가 들수록 그리움이며 한이라는 것도 속절이 없어 첫해에는 산이라도 날려보낼 것 같은 그리움이며, 강물이라도 싹둑싹둑 베어 버릴 것 같은 한이 폭설에 갇혀 서울로 가는 길이란 길은 모두 하얗게 지워지는 밤, 사의제四宜齊에 앉아 시 몇 줄을 읽으면 세상의 법도 왕가의 법도 흘러가는 법, 힘줄 고운 한들이 삭아서 흘러가고 그리움도 남해 바다로 흘러가 섬을 만드누나.

가을 역사驛舍에서

그리운 그 나라에 가면 편지를 쓰겠습니다
흰 광목 한 필 가득 안부와 평화를 적어 보내겠습니다
두 눈을 감고도 환히 찾아갈 수 있는 나라
내 아낙의 흰 빨래소리 상기도 눈부신 나라
그리운 조국으로 가는 모든 길들의 이름을 부르면
먼 산길을 태우며 달아나는 가을꽃 붉은 꽃대궁마냥
이내 발갛게 타오르는 어화둥둥 숨가쁜 내 사랑
조국이여, 부상에 해 뜨는 아침부터
함지에 해지는 저녁까지
버릴 것 하나 없는 가을의 깊고 푸른 서정 속으로
그대는 언제나 크고 새로운 서정의 예감으로 찾아와
진해시 경화동 산번지 간이역 빈 대합실에서
이 가을 내내 변방의 한 시인을 홀로 기다리게 합니까
토요일 오후 한 장 기차표로 돌아갈 수 있는 나라
한가위 귀성열차에 실려 돌아올 수 있는 나라
그리운 그 나라를 기다리는 동안
멈추지 않는 상행열차들은 그냥 스쳐지나가고
낮은 마을로 흘러가는 가을 물소리만 시리도록 차갑습니다

우리가 나누어져 서로가 서로에게 흐르지 못하는 지금
그리운 그 나라에 가면 편지를 쓰겠습니다

봄소식

감옥소가 보이는 언덕에서
보내지 못하는 편지들을 모아
종이비행기를 접었다 진종일
황사바람만 속절없이 하늘을 덮었다
친구여 그대가 사는 나라에도 봄은 오는가
이 눈물 같은 봄은 오는가
나는 언덕에 서서 종이비행기를 날렸다
볼가 강 위에 배가 떴구나
그 러시아 민요를 낮은
더욱 낮은 휘파람으로 불러보며
아아 내가 날리는 종이비행기들이
그대가 홀로 사는 나라에 닿아
봄소식을 전하여 줄 수 있을까
문득 눈을 돌려 마을을 바라다보니
바람에 펄럭이는 흰 빨래들이 눈부셨다

별, 서울

1

서울 하늘에도 별이 뜹니다 아름다운 사람에게로 가까이 가기 위해 홀로 오르는 불광동 저녁산 산길, 그 사람에게 가까워질수록 잊고 살아온 나무들, 풀꽃들의 몸 속으로 흐르는 물소리가 환히 들립니다 사람과 사람 사이에도 이렇게 맑고 고운 물소리가 흐르고, 그리운 물소리에 낯 씻는 서울의 별들, 보세요 서울 하늘에도 밝은 별이 뜹니다

2

아름다운 사람의 눈물처럼
서울의 착하고 남루한 별이여

가을 엽서 · 1

먼 산 이마 가까이 다가와
차게 빛나고
홀로 맞이하기에는
손 시린 새벽
그리운 이여
가을 깊다
까치밥 하나에도 눈부시다

앞마당 가득
붉은 고추를 내다 말리며
내 오랜 기다림 또한
넉넉한 가을 햇살 아래 널면

보인다
힘살 고운 가을 서정과
그리움의 살속 뼛속까지
환하게 보인다

가을 엽서 · 2

그대의 일자무소식一字無消息과
막막한 내 그리움 사이
가을만 저 홀로 차다

그대에게 가까이 가기에는
늘 손 시린 새벽,
유리창 가득 호호 입김 불며
그리운 그대 이름 적는다

그립다, 라고만 쓰기엔
가을 꽃밭 붉은 꽃대궁처럼
너무 더운 그대
빈 손톱 밑으로 스며드는
그리운 그대

아득함을 위하여

멀다고 느끼는 그 순간 그만큼
우리는 가까워지고 있음이로다
유리창 밖 미루나무 잎새를 흔들며
그냥 스쳐 지나가는 바람이나
손을 내밀면 이내 부서지는 아침 햇살,
그 아득함의 거리 속에서도 우리는 지금
바람이며 햇살과 만나고 있지 않은가
사랑이여, 섬이나 별이 또 그렇게 멀면 어떠랴
우리 그리움의 눈물 한 방울 속에
섬인들 가두어 흐르게 할 수 없으랴
무량의 별빛인들 퍼 담을 수 없으랴
무릎에 얼굴 묻고 마디잠을 자는 날의 사랑이여
아득한, 아아득한 그리움의 날들이면 어떠랴
하루 지나면 또 하루
우리는 그만큼 더 가까워지고 있지 않은가

춤을 위하여

그대와 나의 몸 속에 남아 있는 단 일 그램의 물렁뼈까지 음악에 젖어 흐느끼듯, 흐느끼듯 반짝이면 우리 둘 더운피를 데불고 하늘로 가 별이 된다면,

풀림을 위하여

맺혔다 풀리는 자리마다
연연한 노래가 있다 시가 있다
강물 속 잠긴 돌에 맺힌 아픈 물무늬에도
개화를 앞둔 아린 꽃대궁에도
내 마음은 오래 전부터 출렁이고 있었어
저기 저 가을꽃들이 발갛게 타며 달아나는
누이의 가르마 같은 산길을 따라
넉넉한 가을 속으로 가면
늘 나와 함께 살아온 사랑이면 눈물
그리움의 거리들이 속절없이 풀리고
풀리는 자리마다 등꽃빛 회한의 강물이 흐른다
흐르는 강물 소리에
허욕의 관절들이 뚝, 뚝 부러져 나가고
견고한 죄의 껍질마저 풀리어 나가
내 몸이 말갛게 비워졌을 때
나는 바람 속에 누운 피리가 되고 싶다
바람이 불 때마다 온몸으로 우는
이 땅의 피리가 되고 싶다
밤이 오면 나의 노래는

풀꽃들의 맑은 이슬 속으로 걸어가 다시 맺히리라
은은한 새벽 미명에도 쟁쟁쟁 풀리는
나의 시가 되기 위하여

가을 이마쥬

당신은 무너질수록 아름다운 나의 음악입니다
시인의 당분같이 달콤한 혈관을 타고 침식하는
황금빛 눈매를 가진 사랑의 빈혈입니다
가벼운 바람으로도 빛이 온통 스러져 내리는 날
그대 손금으로 최초의 바다 조류가 흐르고
나는 그 바다에 떠다니는 작은 섬입니다
가을이 오면 청동 시대의 이마를 가진 가을이 오면
은은한 예감의 높은 곳에서 낮은 곳으로
더 낮은 곳에서 더 높은 곳으로 은밀히 교감하는
새, 나무, 꽃, 별들의 황홀한 잠
당신은 무너질수록 아름다운 나의 음악입니다

꼬리별

별이 지는 곳에서 누가 살고 있습니까
이름도 얼굴도 알 수 없는 그 누구가 그리워집니다
오늘도 꼬리별이 지는 빈 들판에 서서
당신이 사시는 그 먼 나라를 생각합니다
언젠가 돌아갈 나의 마지막을 생각합니다

나도 저렇게 슬픔으로 이름되고 싶습니다

첫사랑을 덮다

도서관 겨울 벤치에 앉아 민음사에서 나온 세계시인선 십일번 예이츠의 시집 「첫사랑」을 읽으며 그녀를 기다렸다. 일천 구백 칠십 사년 초판이 나왔던 시집은 올해 넓은 판형 두툼한 두께의 개정증보판이 나왔다. 초판과 개정증보판 사이 이십 년이란 세월이 뚜벅뚜벅 흘러갔다. 초판본을 읽던 시절 나는 그녀를 사랑했다. 첫사랑이었다. 그 때 월영동 고목나무에 그녀의 이름을 칼로 새기며 밤새워 신열에 떨며 오지 않는 그녀를 기다린 적이 있었다. 모름지기 시인의 사랑은 그러해야 한다고 믿으며 깊은 밤 홀로 깨어 빈 원고지에 눈물을 채웠다. 세월은 흘러갔고 첫사랑이 남긴 아픈 상처는 내 시집 속에 몇 편 슬픈 사랑의 물무늬로 남았을 뿐이다. 그런데 첫사랑의 개정증보판이라니! 시간과 시간 사이에 쌓인 세월의 검은 먼지를 후후 불어내고 가슴 설레이는 첫사랑을 다시 시작할 수 있을까. 초판이 절판된 내 첫사랑도 개정증보판을 만들 수 있을까. 그런 꿈을 꾸며 그녀를 기다렸지만 그날처럼 더 이상 얼굴이 붉어지지 않았다. 판형이 커진 첫사랑의 개정증보판처럼 어느새 내 그리움의 허리도 기름져 굵어져 버렸다. 두툼해진 책의 무게처럼 내가 가지고 살아가는 죄의 무게만 무거워져왔을 뿐이다. 이게 세월이구나, 아득히 절망하며 첫사랑을 덮었다. 그 때까지도 그녀는 오지 않았다.

여름에서 가을로

여름에서 가을로 걷는다
푸른 힘살들이 하나, 둘 풀리어 나간다 스스로
찢어지는 아픔의 무게를 참으며 콸콸 흘러가는
저물 무렵의 물소리처럼
보아라, 마지막 푸른 비늘을 털며
여름의 잔해들이 둥둥 흘러간다
여름에서 가을로 걸어간다
산도 강도 먼 별들도
내재한 푸른 힘살들을 풀어 놓는다
조락凋落하여 결별할 한 때를 예비하는
순명順明하는 나무들의 엄숙한 그림자들이 길어지고
환희로 온몸 흔들던 잎새들의 휴지休止
거역할 수 없는 힘으로
차고 맑게 빛나는 시간들이 당도한다
사랑이여
이제는 오래 닫아둔
사유思惟의 빗장을 활짝 풀어야 하리
오래지 않아 빠른 밤들이 오고 또한 깊어지려니
작은 불빛 한 장으로도
우리는 너무 쉽게 무너져 울리니

■ 해설

근원의 사랑

구 모 룡(문학평론가, 한국해양대 교수)

1. 근대사회 혹은 유배지

정일근이 시작詩作의 출발에서 시적 정황을 '유배지'로 설정한 것은 결코 예사롭지 않은 일이다. 악명높은 '시인추방론'을 들지 않더라도 서구적 이성이 판을 치는 근대사회가 시인에게 유배지임은 자명하다. 정일근의 처녀작 「유배지에서 보내는 정약용의 편지」에는 사회 속에서 추방된 자로서의 시인의 비전이 투사되어 있다. 이러한 유배의식은 「유배지에서 보내는 김정희의 편지」에서 다시 변주되는데, 나는 이를 그의 시세계를 구성하는 가장 중요한 경험유형이라 생각한다. 유배의식은 의식의 차원에서 반복되는 상실과 회복의 드라마이다.

> 조선낫으로 내 그리움을 다스릴 수 있다면 유월의 잡풀 목대궁 싹둑싹둑 잘라 버리듯이 이 막막한 사랑의 갈증 모두 베어 버리겠네 사람아 나는 아직도 첫눈에 가늠하지 못하는 바다의 이수里數처럼 아득한 그리움의 거리 속에 서 있나니

눈멀고 귀먹은 날에 사람아 먼 나의 사람아

바람이 부는 날의 저물 무렵에는 바람이 되어 그대에게로
가겠다 그대는 유배지에서 바라보는 그리운 내륙의 먼 불빛
이거나 그 마을의 아궁이에서 뜨겁게 타오르는 장작불이다
다시 그 마을로 가기 위해 나는 바람이고 싶다 그대에게로만
부는 더운 바람이고 싶다

「편지」

어떤 의미에서 정일근은 서정적 자질을 '타고난' 시인이라고 할 수 있을 것이다. 이 시처럼 그의 시에는 상실감과 그리움이 전제되어 있다. 상실과 그리움은 서정의 양면이다. 서정은 상실의 원인이 그리움을 유발하는 의식형태이다. 그리고 그리움은 궁극적인 합일을 지향한다. 그렇다면 상실이 없는 곳에 서정은 없는가. 그럴 것이다. 상실이 없는 원초原初나 모든 것을 잃어버린 지옥에 서정은 존재하지 않는다. 전자의 경우 서정은 곧 세계의 전부이어서 그렇고, 후자는 서정적 가치를 모두 잃어 그렇다. 이러한 점에서 서정은 종말終末에 가역可逆한다. 즉 이것은 원초의 행복을 되살리려는 희망의 원리이다. 인용한 시를 지배하고 있는 정조情調인 그리움도 행복에 대한 갈망에 다를 바 없다.

그런데 '유배지'가 시사하는 삶의 절실한 처지는 서정시인만의 것이 아니라 삶의 본질연관을 놓친 근대인 모두의 일반적인 질곡이 아닌가 한다. 그러나 서정시인은 이러한 질곡적

삶을 더욱 민활敏活하게 느낀다. 이러한 느낌의 표상이 곧 서정시이다. 그러므로 서정시는 타락한 근대에게 던지는 경고의 메시지이며 희망을 잃은 근대인에게 보내는 희망의 '편지' 이다. 시인은 말한다. '다시 그 마을로 가기 위해 나는 바람이고 싶다' . 희망은 '다시' 돌아가고 싶은 곳에 있는 것이고 우리의 미래는 이미 과거에 있었던 것이다.

그리운 그 나라에 가면 편지를 쓰겠습니다
흰 광목 한 필 가득 안부와 평화를 적어 보내겠습니다
두 눈을 감고도 환히 찾아갈 수 있는 나라
내 아낙의 흰 빨래소리 상기도 눈부신 나라
그리운 조국으로 가는 모든 길들의 이름을 부르면
먼 산길을 태우며 달아나는 가을꽃 붉은 꽃대궁마냥
이내 발갛게 타오르는 어화둥둥 숨가쁜 내 사랑

「가을 역사驛舍에서」에서

이 시처럼 서정도 유토피아 의식의 한 유형에 속한다. 그러나 서정의 유토피아는 여타의 유형과 다르다. 여타의 것들이 이성의 간지奸智에 의존하는 근대 기획의 일종이라면, 이것은 이러한 근대의 신화를 근본적으로 부정한다. 서정의 유토피아는 근원의 세계를 지향한다.

'아낙의 흰 빨래소리 상기도 눈부신 나라' 로 표상되는 세계는 본디의 건강한 공동체이다. 그것은 이미 오래된 근원이다.

이를 헬레나 노르베리-호지의 말을 빌어 다시 쓰면 '오래된 미래'가 될 것이다. 서정은 이러한 근원을 추구함으로써 근대의 질곡으로부터 우리 삶을 새롭게 하고자 한다. 정일근의 서정 시학에는 이처럼 근원으로 돌아가고자 하는 욕망이 있다.

그리고 이러한 욕망은 난폭한 근대를 살면서 그 너머의 세계를 보게 한다.

> 서울 하늘에도 별이 뜹니다 아름다운 사람에게로 가까이 가기 위해 홀로 오르는 불광동 저녁산 산길, 그 사람에게 가까워질수록 잊고 살아온 나무들, 풀꽃들의 몸 속으로 흐르는 물소리가 환히 들립니다 사람과 사람 사이에도 이렇게 맑고 고운 물소리가 흐르고, 그리운 물소리에 낯 씻는 서울의 별들, 보세요 서울 하늘에도 밝은 별이 뜹니다
>
> 「별, 서울」에서

'서울 하늘에도 별이 뜹니다'라는 구절로 시작되는 이 시에서 '서울'이 의미하는 바는 굳이 말하지 않아도 될 것이다. 근대 도시의 상징인 '서울'에서 '별'을 본다는 것, 이것은 실상 쉬운 일은 아니다. 그럼에도 이것은 흔적기관처럼 존재하는 희망의 상징을 찾는 일에 속한다. 시인은 근대 도시의 소란스런 기계음에 묻혀버린 자연의 맑고 고운 소리를 듣고 문명의 불빛에 가려진 별빛을 본다. 그에게 자연은 회복되어야 할 근원이다. 그리고 '보세요 서울 하늘에도 밝은 별이 뜹니다'라

는 전언傳言을 통해 아직 우리에게 희망이 있음을 말한다. 인간 의지의 상징이며 인간적 반항의 성채인 도시에서 시인은 희망의 흔적을 발견한다.

이는 '유배지에서 바라보는 그리운 내륙의 먼 불빛' 과 다르지 않다.

2. 순백의 여신을 찾아서

시인을 고고학자에 비유하는 것은 시인이 근대의 지층 속에 묻혀있는 시원始源의 감정양식을 탐구하기 때문이다. 근대의 시인은 고고학자가 유물을 발굴하듯 삶의 원초적 가치를 찾는다. 미카엘 벨은 서정시인이 만나고자 하는 원초적 근원을 '순백純白의 여신女神' 에 비유한 바 있다. 정일근 또한 세월을 거슬러 오래된 순백의 세계를 찾아간다. '감은사지' 에서 그는 그의 여신과 만난다.

탑은 달을 꿈꾸었는지 몰라
버려진 세월의 뱃속 가득 푸른 이끼만 차고
변방邊方의 돌들의 이마는 시나브로 금이 갔다
그 금 사이 무심한 바다가 들여다보곤 돌아갔다
천 년千年 전 바람은 피리구멍 속에 잠들었고
신화는 유사有史 행간 사이 숨어 버렸다
문득문득 사라진 절의 풍경風磬소리 들리고
항아리마다 칠월 보름달이 떠오를 때

저기 사랑하는 신라여인이 긴 회랑回廊을 돌아간다
탑 속 빈 금동사리함에 누운 잠아
천 년千年의 사랑아 내가 너를 안을 수 있다면
……돌 속에 묻힌 혀는 무겁기만 한데
항아리 속에서 떠오른 누우런 달이
둥근 맨발로 걸어 탑 속으로 숨어든다
어허 탑마다 즐거운 만삭滿朔이다
내가 탑이다

「감은사지 · 1」

'천 년의 사랑', 왜 시인은 훌쩍 세월을 뛰어넘는 사랑을 궁리하는가. 아마 이에 대한 답이 단순하지 않을 것이다. 우선 근원에의 회귀라고 할 수 있을 것이다. 근원이야말로 가장 서정적인 대상이므로 서정시인이 근원을 추구하는 일은 당연하다. 그런데 의식현상이 그러하듯 '회귀'라는 말이 적합하지 않다. 인용한 시를 다시 곰곰 살펴보면, 오히려 시인이 근원을 불러오고 있다는 사실을 알게 된다. 돌 속의 잠을 깨우고 천 년 전의 소리를 불러오는 것은 시인의 의식이다. '탑'과 '달'의 만남과 '나'와 '신라여인'의 사랑이 유비類比되고 마침내 두 쌍은 동일한 물활론적物活論的 지평에 놓이게 된다. 이리하여 '달'은 '신라여인'이 되고 '나'는 '탑'이 된다. '내가 탑이다'. 이렇게 읽으면 이 시는 근원을 불러오는 사랑 이야기이다. 그런데 이러한 사랑 이야기는 여성지향적이다. '만삭'의 의미에서도 그러하지만 '달' 은 풍요와 재생을 뜻하는 여성 상징이다. 사랑의 본질이 근대의 것이 아니듯 여성 또한 근대의 타자他者이다. 이러한 점에서 근원의 사랑을 여성성의 관점에서 이해하는 일이 주목된다. '신라의 여인' 은 '순백' 이며 오늘의 시점에서 오래 전에 존재한 구원의 천사이다.

정일근이 고고학자처럼 '신라' 를 발굴하는 것은 근원을 통하여 오늘을 반성하는 일과 무관하지 않다. 거대한 시장市場 속에서 자주 시인의 진실은 한갓 풍문風聞이 되고 만다.

근대 속에서 근대를 넘어서려는 노력들이 없는 바 아니나 이는 곧 근대의 바람에 휩쓸리게 마련이다. 이미지로 전락한 시의 타락은 진정한 시인들을 더욱 근원에 사로잡히게 한다. 근원이야말로 타락 이전의 세계이므로 근대의 황혼에서 새로운 목표가 되지 않을 수 없다. 발터 벤야민도 말하지 않았던가, '근원은 목표다' 라고.

돌아가 푸른 신화의 입술로 피리를 불면 소리로 세상을 다스리던 천 년 사직에 당도하려니, 그 곳에는 잃어버린 절이 아직도 너를 기다리고 신라여인은 얼굴 붉히고 네 그림자 뒤로 숨어 들 것이다. 스산한 겨울밤을 떠나 그리운 나라로 돌아가는 길, 보아라 어느새 눈은 그치고 눈 속으로 따라 나선 길들이 피리구멍 속에서 하나하나 목젖 뜨거운 소리로 살아난다. 살아나 망무제애 동해를 잠재운다.

「감은사지 · 4」에서

이처럼 시인은 근원을 불러와 현대의 난장亂場을 다스리려 한다. 시인은 근원에 내재한 진정한 삶과 생명의 원칙을 되살림으로써 근대의 타락한 삶과 반생명의 상황을 되새기게 한다. 그리고 '푸른 신화'의 세계는 이미 사라진 것이 아니며 다시 재구성되어야 한다고 말한다. 이는 과거의 상으로 미래를 선취先取하는 서정의 유토피아 의식이다. 물론 마르크스가 인류의 유년으로 본 희랍에도 모순이 있었듯이 정일근이 설정한 신라에도 갈등과 혼란이 있었다. 그러나 문제는 이러한 역사적 사실이 아니며 삶의 내적 형질에 대한 서정적 비전이다. 서정은 조화로운 삶과 통일된 세계를 갈망하며, 적어도 정일근의 '신라'에 이러한 내용이 있다고 할 수 있다. 특히 정일근이 근원에 대한 사랑을 불교적 상상력으로 풀어낸 것이 우리의 관심에 값한다. 시공을 초월하는 근원 혹은 사랑은 불교적인 것임과 동시에 가장 서정적인 것이다.

내 몸 어느 금 사이에 숨어 나를 보느냐 뱀이여
푸른 혀를 내밀어 어제와 내일을 나누고
시간과 시간 사이 미끄럽게 빠져 달아나는 유월의 뱀이여
네가 생生의 허물 벗듯 나도 무거운 탑의 허물 벗고
그리운 서라벌의 저녁으로 돌아갈 수 있다면
칠월 보름날 저녁 둥근 달빛 불러 달아나리라
내 떠난 자리 내가 나를 벗어 내가 없고
사랑이 사랑을 벗어 사랑 없는 감은사 빈터에서

밤이여 너는 어떤 곡조의 푸른 휘파람으로
떠나간 신라여인들을 부를 것인가
또 어떤 시간을 안고 숨막히는 사랑의 또아리를 틀 것인가

「감은사지 · 12」

이처럼 근원을 향한 사랑은 해탈解脫의 문제와 관련된다. 현실에 구속된 욕망의 자아로 근원을 볼 수 있겠는가. 타자의 진정성은 끊임없이 자아를 지우려는 노력과 자기의 타자성에 대한 인식에 의해 발견된다. 근원의 사랑도 이와 같을 것이다. 가령 그것이 자기 충족의 한 방편에 그친다면 세상에 대한 회피 혹은 의지의 피로를 반영한 것에 지나지 않을 것이다. '신라여인' 이나 '순백의 여신' 은, 그러므로 '감은사 빈터' 에 있고 우리의 텅빈 마음에 있다. 이는 확실히 근대의 욕망체계로써 만날 수 없는 대상이다.

3. 서정, 사랑의 정신

서정은 생명적인 연대가 이루어지는 세계를 지향한다. 서정의 동일성은 모든 타자를 하나의 체계로 복속시키는 동일자同一者의 욕망과 다르다. 그것은 개별성과 전일성全一性이 공존하는 제유적提喩的 관계이다. 그래서 서정은 진정한 의미에서 사랑의 정신에 기초하고 있다. 정일근도 이렇게 말한다 '사랑이 아니고서야 어찌 내 시가 존재했으리. 내 시는 언제나 내 사랑의 힘에 은혜입었으며 그 사랑의 아픈 흔적이다.'

나무들이 사랑을 속삭이는 모습을 보신 적이 있습니까? 바람 부는 날 숲으로 가 보셔요. 바람을 투명한 전횟줄 삼아 뚜와루 뚜와루 즐거운 나무들의 수화手話 혹은 수화樹話. 그리워 살금살금 한 걸음씩 가까이 다가서지 않아도, 안타까워 안타까워 살 비비며 불태우지 않아도 기쁨 넘쳐 나는 나무들의 깨끗한 사랑법法. 저 단정한 거리를 두고도 꽃 피우고 열매 맺는 나무들의 사랑을 아시는지요? 사랑이여, 나도 이제 그대 앞에 한 그루 잎 많은 나무로 마주 서고 싶습니다. 그대와 나 사이에 바람이 전횟줄을 놓아줄 때 잎새 하나 하나 사랑의 푸른 수화기를 들고 즐거운 전화를 걸고 싶습니다.

「나무, 즐거운 전화」에서

이 시에서 나무들은, 타자를 소유가 아닌 존재로 인식하는 사랑의 전범으로 의인화된다. 서로 '단정한 거리를 두고도 꽃 피우고 열매 맺는 나무들의' 관계는 끊임없이 거리를 줄이거나 없애려는 인간의 관계와 대비된다. 인간은 위계를 만들고 서열을 정하는 권력 관계를 형성한다. 그러나 인간 아닌 자연에 위계와 서열은 없다. 가령 한 포기의 들풀이 자라는 데 있어서도, 대지의 수분과 자양분과 대기의 빛과 공기는 서로 협력하며 공생하는 관계를 이룬다. 만일 진정한 사랑이 있다면 이러한 생명적 연대에 다를 바 없을 것이다. 그러나 시장이 지배하는 현실은 진정한 사랑을 '낭만적 환상'으로 만든다. 사랑찾기가 곧 질곡이다.

나는 대상에서 떨어져나온 외로운 쌍봉낙타
취하지 않고서는 건널 수 없는 도시의 불사막을
지글거리는 고통의 맨발로 걸어가네
또 그렇게 가다보면 세상의 마지막 저녁과
두고온 고향의 바닷별과 조우하려니
입 안에 풍화하는 모래가 씹히고

「그리운 곳으로 돌아보라」에서

시인도 어쩔 수 없이 육체를 가진 인간이다. 따라서 초월은 쉽게 주어지지 않는다. 천형天刑을 감내하면서 인간의 사막을 건너지 않으면 안 된다. 낙타처럼 '고통의 맨발'로 '도시의 불사막'을 걸어가야만 하는 것이다. 그에게 유일한 희망은 오아시스이지만, 그것은 쉽게 도래하지 않는다. 그러나 오히려 이러한 꿈의 지연遲延이야말로 서정을 서정답게 한다. 사랑 또한 마찬가지여서 끊임없이 지연되는 데 그 진정성이 있다.

사랑을 사랑이라 하면 곧 사랑이 아니다 사랑을 사랑이 아니라 해도 곧 사랑이 아니다 사랑은 사랑도 아니고 사랑이 아님도 아니다 사랑은 사랑이면서 사랑이 아니고 사랑이 아니면서 사랑이다

사랑아, 사랑이 아니면서 사랑인 너의 이름은 무엇인가?

「사랑론」

얼핏 '색즉시공色卽是空'이나 '불연기연不燃其然'을 연상하게 하는 시인의 이러한 사랑론은 단순한 순환논법이 아니다. 그보다 현실 속에서 진정한 사랑은 늘 지연되며 나아가서 부재不在하는 것임을 말한다. 실상 서정, 근원, 사랑 등은 데리다처럼 삭제표시를 해두어야 할 말들이다. 그러나 이것은 이러한 대상의 부재를 의미하는 것이 아니라 이러한 대상에 이르는 과정을 강조한다. 끊임없이 차이들을 만들어냄으로써 우리는 한 걸음 한 걸음 진정성의 세계로 나아갈 수 있는 것이다.

그대에게 가는 길이 이렇게 멀 줄이야
가진 것 다버리고도 참으로 먼 길

「겨울나무」

이처럼 서정에 내재한 사랑의 정신은 미리 가정된 대상을 갖고 있지 않다. 이 점에서 근원이라는 목표도 예외가 아니다. 이는 근본적으로 목적론과 구분되는 과정학의 원리에 기초하고 있다. 그래서 서정도 사랑도 늘 길 위에 있다.

살아 있음이여, 살아 있음의 가슴 뛰는 기쁨이여
그곳에 내가 살아 있어
빈 손바닥 가득 기다림의 시를 쓴다
푸른 별로 돋아나는 그리운 이름들을 쓴다

「기다림에 대하여」에서

첫사랑을 덮다

초판인쇄 · 1998년 5월 10일
초판발행 · 1998년 5월 17일

지은이 · 정일근
펴낸이 · 최정헌
펴낸곳 · 좋은날
주소 · 서울시 서대문구 충정로 3가 8-5호 동아 아트 1층
전화번호 · 392-2588~9
팩시밀리 · 313-0104

등록일자 · 1995년 12월 9일
등록번호 · 제 13-444호

값은 표지 뒷면에 있습니다.
ISBN 89-86894-24-6 03810
*잘못된 책은 바꿔 드립니다.
*저자와의 협의에 의해 인지를 생략합니다.